Lukas Göricke

Impressum
KARL DER KÜMMERLING
Illustrationen und Geschichte: Mark Foreman
Deutscher Text: Abraham Teuter
Originaltitel: SID THE KITTEN
First published by Andersen Press Ltd, London
Satz: Caro Druck GmbH, Frankfurt am Main
Vierfarbauszüge: Photolitho AG, Zürich
Druck: Grafiche AZ, Verona
Printed in Italy
ISBN: 3-922 723-76-4

Karl der Kümmerling
von Mark Foreman

Alibaba Verlag
Frankfurt am Main

Karl Kropotnik war der kleinste Kater der Familie. Karl der Kümmerling, wie seine Mutter sagte.

Das sind Fritz, Franz, Fred und Ferdinand, seine Brüder.
Und Paula, Petra und Patricia, seine Schwestern.
Sie alle sind frech, flott und verfressen.

Beim Mittagessen waren alle Plätze schnell belegt.
Karl hörte nur, wie seine Geschwister schmatzten und schleckten.
Dann gab es Nachtisch aus dem Napf. Nur nicht für Karl.

Wenn die anderen Verstecken spielten, durfte er nicht mitmachen. Also spielte er alleine.

Zum Beispiel mit dem Glotzfisch hinterm Glas. Oder mit der Fliege.

Manchmal entdeckte Karl eine Maus und jagte hinter ihr her.

Bei allem Spaß am Spiel hatte sein Leben aber auch traurige Seiten.

Eines Nachts bemerkte Karl, wie seine Mama mit einem fetten Fisch im Maul nach Hause kam. Sie ging an ihm vorbei, ohne ihn zu beachten. Karl hatte Hunger.

Er beschloß davonzulaufen.

Karl hatte bisher immer in der warmen Wohnung gelebt. Jetzt war alles so seltsam dunkel, bis auf den schmalen Mond und sechs runde Augen, die ihn anstarrten.
Karl kroch heran, und plötzlich ...

. . . sprang ein Frosch auf und jagte davon.

»Was ist das für ein heißer Hüpfer!« meinte Karl und hatte schon wieder etwas entdeckt. Mit vorsichtiger Pfote wollte er ausprobieren, ob die spitzen Stacheln stechen. Und wie sie das taten!

Da war Karl ein Dach überm Kopf schon sehr recht. Aber so ein Haus hatte er noch nie gesehen. Überall stapelten sich Kisten, Kästen und Kartons. Überall roch es nach Fisch. Jetzt wußte Karl, woher seine Mutter vorhin gekommen war.
Zwischen den Kisten entdeckte er eine Maus.

Das war ein Spaß. Vorbei an rostigen Rohren, unter brummenden Maschinen hindurch, über zackige Zahnräder jagte Karl die kleine Maus. Fangen konnte er sie aber nicht.

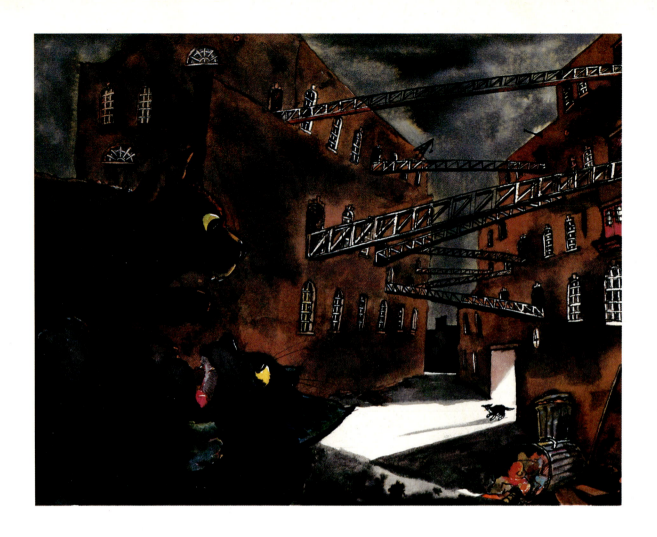

Karl war völlig außer Puste. Hinter dem großen Haus war ein zweites, dazwischen eine graue Gasse mit überfüllten, umgeworfenen Mülltonnen.

Karl spitzte die Ohren. Am Ende der Gasse begann es fürchterlich zu fauchen.

Zwei widerwärtige Strassenkatzen jagten hinter dem kleinen Kerl her. Er rannte um sein Leben ...

... und wäre fast unter die Räder gekommen. Die Bremsen quietschten, die Männer brüllten — aber der schwere Lastwagen kam gerade noch zum Stehen.

Der kleine Kater war fürchterlich erschrocken. Er rannte und rannte, bis es anfing, hell zu werden. Er merkte nicht mal, daß er über eine hölzerne Brücke lief.

So kam Karl auf einen alten Schaufelraddampfer. Zitternd, müde und immer noch hungrig schlüpfte er unter eine bunte Tischdecke und schlief sofort ein.

Er verschlief das Frühstück (Rührei mit Schinken) und das Mittagessen (Hähnchen mit Gemüse und Reis, Schokoladenpudding als Nachspeise). Er hätte auch Tee und Kuchen verschlafen...

Über den Steg kamen viele kleine Kinder auf das Schiff. Sie hatten bunte Ballons in der Hand.

Säfte und Saucen, Würstchen und Wackelpudding, Kekse und Kuchen standen auf dem Tisch. Die Kuchen war mit buntem Zuckerzeug überzogen.

Die Kinder stürmten in den Raum. Sie jubelten und jauchzten, sangen und schrien.

Da wurde selbst der müdeste Kater munter.

Es kitzelte Karl in der Nase; hier gab es was zu essen! Alleine von dem, was herunterfiel, konnte ein kleiner Kater satt werden.

Was sollte er aber von der Eistüte halten? Da hatte jemand schlecht gezielt!

Spielverderber schwammen heran. Eine richtige Rattenbande kam die Taue hinauf. Sofort rochen sie, daß hier was zu holen war, und machten sich auf die Suche.

Die Ratten fanden schnell, was sie gesucht hatten.
Die Kinder erschreckten sich. Voller Angst schrien und weinten sie. Was da alles vom Tisch tropfte und fiel, erfreute die verfressenen Ratten sehr.

Mit dem Auftauchen des einhornigen Monsters hatten die Ratten nicht gerechnet. Es sprang hinter der Ingwertorte mit Sahneüberzug hervor, fauchte und zischte und zeigte seine schrecklichen Krallen.

Die Ratten flohen Hals über Kopf.

Der kleine Karl kam sich gar nicht mehr kümmerlich vor. Er verfolgte die Ratten und sah, wie sie über die Taue wieder in den Fluß stürzten.

Die Kinder hatten sich von ihrem Schreck erholt und feierten Sallys fünften Geburtstag auf dem Schiff, auf dem ihr Opa Kapitän war, weiter.

Sally war ein Kind, das wußte, was es wollte.
 Und jetzt wollte sie Karl den Kater behalten – als Geburtstagsgeschenk.
 »Kein Problem«, sagte ihr Opa. »Der Kleine ist sicher ein herrenloser Hund. Wir behalten ihn bei uns.«

Jetzt war Karl richtig glücklich. Er hatte gut gegessen, mit den Kindern gespielt und wußte, er hatte ein Zuhause gefunden.

Vor allem freute er sich darüber, daß er gezeigt hatte, daß auch mit kleinen Kerlen zu rechnen ist.